当代诗人自选诗

食物链

商 震——著

图书在版编目（CIP）数据

食物链 / 商震著 .—北京：中国书籍出版社，2018.5（2024.1 重印）
ISBN 978-7-5068-6834-1

Ⅰ.①食… Ⅱ.①商… Ⅲ.①诗集—中国—当代 Ⅳ.① I227

中国版本图书馆 CIP 数据核字（2018）第 067117 号

食物链

商　震　著

图书策划	牛　超　崔付建
责任编辑	成晓春
责任印制	孙马飞　马　芝
出版发行	中国书籍出版社
地　　址	北京市丰台区三路居路 97 号（邮编：100073）
电　　话	（010）52257143（总编室）（010）52257140（发行部）
电子邮箱	eo@chinabp.com.cn
经　　销	全国新华书店
印　　刷	三河市华东印刷有限公司
开　　本	880 毫米 ×1230 毫米　1/32
字　　数	70 千字
印　　张	6.5
版　　次	2018 年 5 月第 1 版　2024 年 1 月第 2 次印刷
书　　号	ISBN 978-7-5068-6834-1
定　　价	58.00 元

版权所有　翻印必究

目录 / Contents

001　虎跳石
002　我有罪
004　隐身术
006　老梅花
008　我也是废铁
010　心有雄狮
012　食物链
013　一把匕首
015　无序排队
017　拔　牙
019　离　婚
021　冷水澡
023　心有利刃
025　亮马河
026　鬼吹灯
028　社会生活

029　窗外有雨

031　椅　子

032　芦　花

034　心脏病

036　去火星

038　夜是白的

040　中途下车

042　和尚与雪

044　奔走的马

045　角　力

047　半张脸

049　中秋夜

050　风雪中的兰

052　假　牙

054　足　球

055　一个夜晚的两次微笑

056　寻　仇

057　刀剑冢

058　白桦林

059　白乌鸦

060　影　子

061　蝙　蝠

063　那块石头

065　海上日出

067　秋日观荷

069　夜　风

071　缓　慢

073　夜行车

075　岩　画

077　天黑之后

079　午夜的麻雀

081　静　场

083　辨　认

084　我没资格唱童谣

085　纸上的马

087　屏幕上的我

088　年　夜

090　磨　刀

092　我没睡

093　一张白纸

095　铁　球

097　涩

099　阴阳人

100　蝴蝶兰

101　工笔画

103　转　身

104　作　画

106　独　坐

108　初　冬

109　痛苦是独立的

110　隐　身

111　巧　遇

112　镜子碴

113　适　应

114　故　乡

116　苦　冬

117　小女儿回国

118　礼　物

119　养　鱼

120　小外孙过百日

122　想爸爸

124　韩作荣68周岁了

125　雨夜，怀王燕生

127　在石家庄，黑白互见

129　想昆明

130　失踪的月亮

132　天　堂

133　失　眠

134　写在风里的诗

136　反季节

138　晚安，月亮

139　一个人的夜

140　月牙儿

141　通天河

143　北纬度38度线

145　在酒厂喝酒

147　扬州遇雨

149　在查干湖

151　畈田蒋

153　遥望断桥

155　越　界

156　在公海看到了鱼

158　阻　隔

160　距　离

161　?

163　地中海

165　闯　入

167　布拉格

169　斯美塔纳

171　穿过爱琴海

173　大漠孤烟

181　写给女儿的十二个月

189　盲　人

虎跳石

金沙江一处很窄的地方
有一块探向对岸的石头
据说当年老虎从这块石头上
跳到对岸
从对岸再跳到这块石头上回来

现在老虎已经绝迹
我站在这块石头上
望着对岸
几次跃跃欲跳

我掉进水里
就不再是我
跳到对岸
也不会是老虎

我有罪

我有罪
我没能站直腰杆挡住这股风
还弯下腰身
做了摧花折草的帮凶
这股风很强大
遮天蔽日
我被驱使着
风让我做的事我都做了
若不是一座山挡住了我
我已经彻底成为风的同伙

这是唯一能挡住这股风的山
山上站着孔子关云长和李白
我靠着这座山根
才缓缓地把腰直了起来

我伸直腰回过头
看着那些倒伏的花草
一边行礼道歉
一边说：你们痛恨这股风的时候
也不必原谅我

隐身术

这阵风很大
几块多年没睁过眼睛的石头
也挪了挪屁股

一阵风过去
大地被刷新一次
下阵风过来
再把上一阵风刷新

我体重轻身量小
风一来
只能双脚离地跟着跑
经常被这一阵风
吹过河对岸
下一阵风又把我吹回来

河里的水流很急
比时间流得还快

为了不让时间看到我
在水面飘来荡去
我藏在风的缝隙里
让时间只听见风声
看不见人形

老梅花

一朵朵梅花
像古老的铜钱
串在这株老树上

老树已枝干铁青
表皮龟裂沟缝纵横
像被翻过的史书

梅树的缝隙里
藏着太多的冬天和雪
有说不出来的沉重和冷

老树每年用一些花朵
告诉我们
历史永远有你不知道的新鲜

老梅花不香
古钱币不能流通

这株老树一定有话要说
才一年一年地张开古铜钱的嘴

我也是废铁

我喜欢车
喜欢跑动着的车
不动的车是废铁

很小的时候
我溜到路边去看车流
一看就是半天儿
妈妈找到我时,说
这孩子真淘气
我指着跑动的车,说
车才淘气呢

现在我依然喜欢跑动的车
而此时,我去开会
三环路上死堵
路面成了废铁垃圾场

我前后左右看一圈
发现我已经加入了废铁之中

心有雄狮

在陕北以北的草地
经历了一场大风

风是狂躁的
起初是一小股贴着地皮
后来是四面八方

地面上的风
尾部都向上挑
试图勾引天上的风
垂直向下吹

草被吹乱
像雄狮披散的鬃毛
一朵瘦小的野菊花
弯下腰躲进草丛里

我也闭上了眼睛

风在制造强大的噪音
试图要把花草吓死
风常幻想自己有很大的能力
我站在一旁窃喜
这混杂的噪音
恰好可以藏住雄狮的吼声

食物链

我在案板上分解一条鱼
油锅在等它
餐桌也在等

这条鱼曾在大海里畅游
它在自由的时候
没想过会成为我的食物

我生活的场域
没有大海宽阔
估计也会有一个餐桌
在等我

一把匕首

雪一片一片地落下来
干枯的草坪上
不知谁扔了一把匕首
雪正将它一层一层覆盖
一口一口地吞噬它的杀气

雪停了以后
草坪平整如砥
唯有这把匕首的身形
凸显了出来

没有哪种事物
比雪更有力量
用轻飘飘的白
淹没了人间的多彩

安静是暂时的
一群麻雀落在雪地上
用嘴和爪子刨雪
匕首身上也有几条划痕

月光照射下来的时候
雪地笼罩着梦境
麻雀留在雪上的印迹
变成了神性的图案

这些图案在运动
而那把匕首
动得最厉害

无序排队

我一直在计划着销毁自己

我这个钢铁水泥建造的人
不反应冷暖血液浑浊肌肉失去弹性的人
大脑被安装了程序控制的人
这样的人,一定得死

我没确定何时死怎样死
因为还有一点未遂的欲念

我这个没看过花开却吃了许多果子的人
这个吃不饱喝不醉说不出真话的人
这个有姓名却不知道列入哪个名册的人
这样的人,不能死

我能看到一朵花专为我开,就死

能吃饱喝醉说出心底话,就死
能被证明血肉里有骨头,就死

那些驱使着我和不喜欢我的家伙们
再等等,我不是一定要先看到你们死

拔　牙

麻药针打过
那两个人就把我的口腔
当作采石场
一阵锯、钻、砸、撬后
大夫问我："疼吗？"
我没有回答
我不会向那些在我
皮肉上动粗的人
说出真情

我的皮肉被麻醉了
神经的感觉更加细微
那"咯噔、咯噔"撬掰我
牙齿的声音
就像野蛮的房屋拆迁
我想：比疾病更残酷的

是用工具制服人的肢体与意志

我的牙拔出来了
口腔里最坚硬的零件被卸掉
可我身体里更坚硬的部分
是任何工具也无法拆除的

离　婚

第一次知道，破碎的声音
也是动听的乐曲
"嘭——哗啦啦"
是定音鼓敲响后
管弦乐与打击乐同时登场

一只外观很美的瓷瓶
从此处向彼处飞翔
像高台跳水运动员优雅的翻腾
瓶子落地，花放千姿

瓶子解脱了
不必为供参观端着严谨的仪表
不必遮盖内部的空虚
再也不用每天拂掉尘土
表面干净

瓶子是为完整而生
为稳固而活
破碎都缘于意外
而一次意外,可能是
演习了多年

第一次也是最后一次的起飞
瓶子,就让瓷
这个古老的徽章
瞬间还原成尘土

冷水澡

我从无中来
你也是,他们也是
无,是一切的祖先

不把水冻僵
冰就得不到承认
你疼了,才能感受我的力量

你啃食着我
他们啃食着你
我的獠牙也沾着血迹
我和你、和他们
是狮子和羊、羊和草、草和水、水和狮子

想明白这些时
已说不清该有还是该无

想明白这些
每夜都睡在冰上

心有利刃

我去买刀
买了一把吹毛即断见血封喉的刀

我正在赶路
无论是快走还是慢跑
这条路总是终点延后

路边的人身上有刀
与我同行的人身上有刀
我带刀
是为了在他们向我举刀前
抢先一步给他一刀

"咚咚",有人敲我的门
喊我吃早餐
我醒了

原来我做了一个
带刀的梦

亮马河

亮马河的水已近枯竭
细细弯弯的像一条蚯蚓
河道里荒草杂生
但并未影响来河边休闲的人
一群老年人在练气功、扭秧歌
几对情侣搂抱着低语
一伙年轻人喝着啤酒高亢地说脏话

这里的风景是两岸的人群
不是河

一个盲人手持竹竿探索着前行
他从人群旁边走过
缓慢、忧郁如亮马河的流水
人们突然安静，睁大眼睛
看一个走路的瞎子
估计，他们没看到瞎子眼里的黑暗

鬼吹灯

夜空晴朗
银河是一座百花绽放的花园
月亮清洁透亮
但无法解决大地的黑暗

人们开始在月光下点灯
给路
给眼睛
点灯
不能解决大地的黑暗
只是尽量地照亮自己

灯
都是会灭的
燃烧累了自己就灭
人需要黑暗时也要把灯吹灭

有些人自己吹灭了灯
却瞪着眼睛说：鬼吹的

鬼是会吹灯的
都是在灯灭了之后
鬼才来吹

社会生活

一个好朋友约我下棋

我们用一块块木头做的兵马
摆列战阵，埋头厮杀

棋盘上，是
一块木头请另一块木头出局
心里却想着，怎样
你死我活

我们表情紧张，敌视
往日的友情化为乌有
活脱脱的两个歹徒

窗外有雨

窗外在下雨
黑色的雨
月亮黑了
盼月亮的心黑了
写给黎明的信
埋在深夜

对面楼群的窗户
全都黑了
风的脚步
更黑

树上的花黑了
人的笑脸黑了
鸟的鸣叫黑了
隔着玻璃

我的眼睛亮着
紧盯着黑

椅 子

我办公室的椅子
是不锈钢的
每天会发出刺眼的光

金属传热快
传冷也快
我的屁股有烫伤
心头有冻疮

我坐在椅子上
看着自己
每天生一点锈

芦 花

那一片白色
是我最后的去处

鸟儿为觅食飞为求偶唱
我只为心底的风舞蹈

落到流水里是花
陷进泥沼也是花
喜欢芦花的人
才能闻到它的香

没有什么东西能躲过白色
政治经济历史
人与人的真情假意
都会归于清白

这一片白色
正漂洗我的骨头

心脏病

我病了
是心脏病
医生给我确诊后
让我住院治疗
我拒绝了

我的心该有病了
多年来
为找一个合适的位置
安放心脏
我绞尽脑汁
躲阳光躲月光
躲职务躲职称
躲会议躲讲话

我在心里私藏了凶器

藏着三妻四妾、赌具与砒霜

我不住医院治疗
怕医生看清我的各种隐藏
窥探并传播他人隐私
是人类与生俱来的病

我不敢相信任何人
只能带着生病的心脏
东奔西走
不让医生看到
也不给他人传播隐私的机会

去火星

据说火星上找到了水
我就穿着宽大的衣服
站在楼顶
等待一阵大风
把我送到火星上

我要在火星上开荒
种玉米和白菜
盖茅草屋
养两只鸟和我聊天
带一支横笛自吹自听

有了这种想法以后
好像我已经到了火星
过上了没有人也没有鬼的日子

出了窍的魂灵啊
再也不愿回到肉体中

夜是白的

没有人知道我今夜失眠
没有人听到我和星星在聊天
我们说话的声音很低
只有我和星星能听见

现在是深夜
放大说话的音量
我们的秘密
就会走进邻居的梦里

我和星星聊天
就是聊天上的事
比如星星那么亮
会不会费电或费油
比如月亮只露出一半
另一半干什么去了

最重要的是我问星星
每夜都出来看我
是不是在勾引我失眠
星星眨了眨眼睛笑而不答
我又看了看月亮
月亮悄悄地给我铺上一张白纸

我懂了
夜是白的空的
只有我把文字写在白纸上
才能看到夜的黑

中途下车

走了一半的路
不是花开到一半
也不是雪停在半空
是我对目的地不再有兴趣

一半的旅程
是半首没有词的音乐
或一个汉字只写了偏旁
剩下的一半
留在心里

做了一半的事情
等于没做
终点不承认未达的脚步

野草没想过长成树

有些花开了
就是不愿结果实

和尚与雪

雪还在下
一个年轻和尚拿着扫帚
到大殿外扫雪
天空有纷乱的白

他开始是用扫帚在雪地写字
后来是画画
再后来是团雪球
让雪球轱辘过去再轱辘回来

他一直背对着大殿
与诵经的声音
之间隔着绵密的雪
一片雪落下
一个音节的经文结束

雪一直在下
他一直和雪玩着各种游戏
落在地上的雪
是经文以外的世界
落在他头上的雪
才是雪

奔走的马

一群马向前飞奔
前方有水有草
有广阔的原野

它们鬃毛竖起来
尾巴扬起来
四个蹄子腾空
未成年的小马驹
也紧贴着妈妈飞

我一直看着它们
如果哪天
它们冲出画框
到达原野
我会衷心祝福它们

角　力

月亮飘向远方
乌云与夜媾和
我的全身被涂满黑色
天地间不再有路
也没有方向

黑夜有巨大的胃
我的思绪是一块石头
在夜里只有重量
没有形状

对付黑夜
要用一个清白的我加一个黑色的我
一颗善良的人心和一颗野兽的贪心

当黑风吹灭所有的词语

我心底藏着的阴暗
正在上升
并且比夜还黑

半张脸

一个朋友给我照相
只有半张脸
另半张隐在一堵墙的后面
起初我认为他相机的镜头只有一半
或者他只睁开半只眼睛
后来才知道
他只看清了我一半

从此我开始使用这半张脸
在办公室半张脸藏心底下
读历史半张脸挂房梁上
看当下事半张脸塞裤裆里
喝酒说大话半张脸晒干了碾成粉末撒空气中
谈爱论恨半张脸埋坟墓里
半张脸照镜子
半张脸坐马桶上

就用半张脸
已经给足这个世界面子

中秋夜

今夜有大风
思绪里摇曳着芦花
肉体里装满烈性的酒

今夜的风都值得信任
云已经与风媾和
那些落地的枯叶
不再引发猜疑

月亮是一团火
今夜看月的人
身上会噼啪作响

风雪中的兰

窗外下着雪
我在案头画兰花
画在纸上
纸就退回到树上去
画到水上
水就退回到山涧里
画到酒杯上
酒就退回到粮食中
我想
要是画在我身上
我会退回到汉代还是唐朝

我想画到太阳上月亮上
让兰花随时都在我头顶
还想画在空气中
可一抬手

雪就落满我的头顶
最后，只能画在我的骨头上
我退回到我

假 牙

十年前为啃一块骨头
我的一颗门牙崩掉了
好多年我也没去补
我有足够的自信
暴露自己的缺陷

后来这个空着的位置
让满口的牙都不舒服
重要的是
许多风
找到了蹿进我体内的机会

我终于去补牙了
就是装个假牙
身上有个假东西
总像在真人面前说假话

可朋友们看了都说很好
我心里清楚
不是假牙好
是假东西占到了好位置

足　球

红队要把球踢进白队的门里
白队不让
白队要把球踢进红队的门里
红队不让
两队一边立自己的贞节牌坊
一边拆对方的贞节牌坊

球的快乐是滚动
在规定的范围内滚动
不想进哪个门里
进门或出界都是死球

踢球的人面红耳赤
球在被争抢中
发现踢球人不是爱足球
是看到足球有拆牌坊的能力

一个夜晚的两次微笑

像一根枯枝从树干脱落
我倒在地上
醒来时
躺在地上
开始是害怕
爬起来就笑了
刚才我已经死了
现在是重生

医生说
我还会死
我又笑了
我心里住着许多死去的人
他们一直是我活着的方向

寻 仇

一直温良地活着
该尊敬的人都尊敬了
该热爱的人都热爱了
大半生过去了
我的谦恭和雅驯
已快耗尽

现在
我要找个仇人
一个与我旗鼓相当的人
逼自己在命里
铸一口
嗜血的刀

刀剑冢

找一处荒山野岭
挖坑
挖到三米深后
再挖几锹
把心里的刀剑放坑里
填埋
地面留下一个比面包大的
坟冢

我向坟冢行告别礼
从此
任何一缕风
都可以是我的情人

白桦林

一大片站立的雪
条条枝干都是伸向天空的手臂
太阳调皮
在每根枝干上跳来跳去

我在林中轻快地走
积压的好心情都亮了起来
会唱的歌都哼了一遍

地上的野花摇头晃脑
有些花谢了
结了沉沉的果子
有些花不结果
只为了轻松地开一次

哦,白桦林
一堆夹杂着凡尘的雪

白乌鸦

一只白色的鸟儿
远看很漂亮
近看也很漂亮
只是它一张嘴
就散发出腐尸的臭气

微风吹过
白毛翻起
露出它漆黑的本色
哦,这只乌鸦
披上了白色的羽毛

从此,我开始警惕
那些红色的鸟儿
金色的鸟儿
花色的鸟儿

影　子

我的影子不是我
是那些无法穿透我身体的光
留在大地的心情

太阳越亮影子越黑
月亮越清影子越凉

影子有时像我
有时不像我
更多的时候
是太阳和月亮
用我的身体游戏

影子真实
太阳月亮就真实
影子虚妄
太阳月亮就虚妄

蝙 蝠

天就要亮了
一壶茶渐近澄明
几只蝙蝠飞过去又飞回来
窗口时而飘动时而安静

这个夜晚
将耗尽最后一缕黑暗
像在去除身体里
陈旧的阴影

所有的风都睡进夜的深处
像往事沉淀在心底
蝙蝠的翅膀无声也空泛
此时我眨动眼睛
就会改变蝙蝠飞行的方向

天亮以前端坐不动

倒掉残茶

我要看着蝙蝠驮着黑夜

一点一点远去

那块石头

浑身长满皱纹
它不是老了
是屈服
是承认风
一定会摧毁石头

风吹一次
它就弯一次腰
低一次头
风每天给它整容
也一点一点侵蚀它的内心
我确信
最终它会溶解在风里

我再不敢想
当年它坚硬清冽

让所有的风
绕着它走的场景

现在
它每一条皱纹
都住着风
每一缕柔和的风里
都带着杀机

海上日出

一颗太阳
蹦蹦跳跳地升起来
像刀面上的一滴血
刀光把大海染红

我走在松软的沙滩上
每走过一步
血就把我的脚印填满
天就要亮起来了
可我已经不相信太阳的暖

我背转身
闭上眼睛
让光在我心底寂灭

我走进喧嚷的人群

这些人
正兴高采烈地伸长脖子
迎接光

秋日观荷

一阵带刀的风
猎杀了所有的花朵

荷叶垂首
立着一个个昏黄的傍晚

荷花落进池塘
像一群待飞的蝙蝠
荷的枝干还继续挺着
是油将尽时坚持燃烧的灯捻

春华秋实都是梦
花朵仅是梦的替身
花期过后
就是长长的黑夜与落雪

绿色和芬芳是瞬间的
世界的本色是不能媾和的黑与白

夜 风

一阵比一阵冷
像骂人的话一句比一句脏

风吹动枯干的树枝
发出虚张声势的啸叫
风打在墙上
像一群蹬着云梯企图攻城的士兵
更多的时候
风不知吹进了哪里
发出乌鸦的悲鸣

后来又一阵风过来
像一列坦克车队
轰轰隆隆地一次性走过
再后来什么声音都没有了

哦,风猎杀了风
像脏话消灭了脏话

缓　慢

这个夜晚是缓慢的
月亮像一个饰物挂在天上
我没有高兴的事
也没有悲怆的事
时间就像爬行的蜗牛
在我身边

此刻
我是纯洁的
影子也是纯洁的
不去想天高地远的事
也不想吃喝与冷暖
我就是一件家具
摆在椅子上

茶在继续变凉

香烟也不想再点燃
夜继续缓慢
缓慢地漫过我的全身

夜行车

在路边闲坐
一束光突然打在身上
我冷了一阵子
哆嗦了一阵子

我看到黑夜
在阻挡这束光
围剿这束光
这束光没做任何抵抗
慌张地夺路逃窜

这束光
袭击我的时候
泼出一层厚厚的霜
而我哆嗦的那阵子
是一把沙子砸到了身上

我对光没有任何好奇
对黑夜也没有
我只是闲坐
恰巧看到了
黑夜对光的一场战斗

岩　画

这古老的铜
有着古老语言的魅惑
一层一层的锈
像一本账册

春天在这里种过桃花
蜜蜂来取过甜
那些老年斑是曾经的星星
一条石缝是死在这里的月亮

风是个花花公子
不理会历史的账册
变成生锈的石头

石壁上的图案黑里透着灰
那勾风干的残月

是干裂的嘴唇
时而会发出一些
远古的箴言

天黑之后

天黑之后
就无事可做
一个人不能喝酒
不能把发霉的事物翻出来
也不能一根接一根抽烟
过浓的烟雾会对现实绝望

星星和月亮
都不认识我
许多话不出来
像一面残破的鼓

一阵风过来
吹起一张白纸
我紧盯着这张
雪片一样的纸

希望是谁谁谁写给我的信
一直看着白纸
飘到看不见的地方
我又陷进黑暗

雪还没来
黑夜不会变亮

午夜的麻雀

一只麻雀
尖叫着飞过
陡然增加了夜的阴森
我因为迷路
正行走在暗黑里
这一声惊叫
让我忐忑地站定
用几分钟环顾四周
才平息内心的恐惧

谁惊飞了麻雀
谁让夜晚危机四伏
除了夜的黑
我看不到别的东西
空气还在持久地颤抖

鸟的恐惧与生俱来
黑夜里
人比鸟还要心惊胆战
鸟怕人
人更怕人

我希望今夜的惊悚
只是一场戏
天是幕布
黑夜是舞台
我和麻雀的慌乱
是戏中的一段剧情

静　场

月亮在黑漆漆的天幕上
像热气腾腾的馒头
风吹动着光秃秃的树干
发出"喳喳"的声音

夜风是一群狗
在树上啃骨头

我站在窗前
一边用月亮充饥
一边欣赏狗们啃骨头

白天的荒言芜语停歇了
像炮火停歇后的战场
短暂的窃喜漫过战争的紧张

安静的环境里
所有的生物都是亲人
包括狗
和那些没有血肉的骨头

辨　认

我胡乱地在街上走
一只流浪狗与我迎面而来
我们停住脚步四目相对
像两个失散多年的朋友
仔细地互相辨认
一辆汽车从我们身旁走过
也没影响我们对视的眼神

我们互相看累了
又各走各的路

我没资格唱童谣

大雪刚停
两个五六岁的小孩
在院子里玩着雪唱着童谣
"一踩踩，二踩踩
踩出串串绒花开"
我看了很兴奋
跟在他们的后面学
心里默唱：
一踩踩，二踩踩
踩出串串——唉
我把白雪遮盖的泥浆
踩了出来

纸上的马

看到一张国画
一张白纸上只有两匹马
尾巴扬起蹄子腾空
大张着嘴
看上去就感觉到马们的急匆匆

两匹马的前面是一片空白
我想:
如果前面画一轮朝阳和一片青草
马们就是急着去吃早餐
如果画一枚夕阳和树林
马们就是在私奔

如果要我来补画
就给马身上画上鞍子和脚蹬
再配上一个箭囊

让它们上战场
哪怕是一次练兵或演习

屏幕上的我

几次在电视屏幕上露面
我都不敢看一个化了妆的我
一个笑容和谈吐被编辑过的我
还是不是我

还是鼓足勇气看了屏幕上的我
那个离开了生活琐事的我
那个没有私密情绪的我
每说一个字先在嘴里校正三遍的我

许多朋友都说
屏幕上的我很成功
我突然惊愕起来
难道我体内真的藏着一个
大家都会满意
唯独自己不知道的我?

年 夜

一片洁白的雪花
刚刚落下,转瞬
就要成为历史
我看着就有莫名的快感

我对着一杯肯定要跨过年关的酒
默默地想,如果
所有事物的发生与结束
都像这片雪花
我何必把杯举起又放下
放下又举起

等一会儿就是明年
这杯酒我无法一饮而尽
一段故事注定要跨过年关
今年的思念也注定要走到明年

唉，再等一会儿吧
再等一会儿明年就疼起来了

磨　刀

我有一把刀
是金银铜铁锡的合金铸造
我要磨这把刀
沾着黄河水银河水
用泰山石
女娲补天的五彩石
细细地磨

把刀面磨得锃亮
能照出哪块云中有雨
能映出泪水里的盐分
能看清躲在身体里的暗鬼

刀刃一定要飞快
可以切断风
可以斩断光

削功名利禄为泥

太阳是刀
月亮是刀
我的肉身也是

我没睡

这个夜晚是人间的
没有车,路睡了
没有风,落叶睡了
没有麻雀,小虫子睡了
没有灯光的房屋,人睡了

冬天睡了
寒冷很无趣
岁月睡了
历史很孤单

云没睡
晃晃悠悠想着心事
月亮不睡
睁大眼睛欣赏大地的宁静

一张白纸

闭了灯
准备睡觉
突然发现桌上有一张白纸
羽毛一样折射着月光

那是傍晚
我想写诗时放的纸
原打算写一首哄自己安眠的诗
可是活过半百之后
任何方式的哄都已无效
只能像潮汐一般
该涨就涨该落就落

我又使劲看了看那张白纸
它的一角似乎翘了起来
像要随风飘浮的羽毛

一张白纸上没有诗文
就是脱离了翅膀的羽毛

铁　球

两个生铁球
被一个老者捏在手里
它们滚圆、表皮光滑
没有逃跑的可能
没有生锈的机会
只有欲言难诉的平静

四季和它们没关系了
武器与犁铧和它们没关系了
老者的手掌就是它们的世界
老者的体温是它们唯一的热量
它们顺从地向左转或向右转
它们已不再是铁

偶尔
它们之间有一些碰撞

也会发出刀枪相对的杀声
或粮食的香气

涩

我这条烟熏火燎过的身体
尽管黑黢黢灰土土了
也要面对春天
春风不断地掀起我的衣衫
我听到焦炭一样的身体
发出浑浊的呻吟
身体是个不会撒谎的家伙
在这个春天丢尽了我的脸

一只鸟儿扑棱棱飞起来
我认为是一片枯叶被风吹动

早些年,年纪轻
只知道有身体
不知道天下还有春风
现在,春风真的扑面了

我却躲避春风
像在躲避谎言

春天啊
是魔术师障眼的手段
年轻时看不懂
看懂时
已经不相信有春天

阴阳人

我是在纸面上劳作的人
喜欢夜晚的灯光和月光
幽暗的世界里
一层一层剥开自己
怕闲杂人听到的话
一字一字种在纸上
天亮前
迅速把自己合上

白天阳光太强
我张不开嘴
也写不了字
只能闭着眼睛
装睡

蝴蝶兰

蝴蝶根本不知道
人类用蝴蝶命名了许多事物

我们使用象形
我们使用会意
甚至用联想幻想梦想
我们希望蝴蝶近在眼前
甚至握在手里

蝴蝶是个生活简单的昆虫
人类不是想把事物简单
而是要更复杂
才用蝴蝶去状形去会意

比如这盆花
我叫一声蝴蝶
就想到了飞和一汪水

工笔画

不管是牛年还是驴年
我要画马

画一匹马,有几千年传统的马
张着嘴,也不出声
不对鞭痕怨
不对青草喜

四蹄腾空,仅在纸上
不主动位移
飞奔和撒欢都交给梦
方向由鞭子设定
所有的远方
就是脚下踏实的蹄窝

睁着眼睛,不眨一下

不介意被抽打、骑坐、驱使
不看路,甚至看不到凸凹不平
一脸忠实服从的憨态

鬃毛是假的,头脑是假的
有风无风都不会动
尾巴是假的
站在无味空荡的白纸上
没必要找平衡

绘画最难是画人物
包括画自己
我只会画这样一匹马

转　身

你的后背是黑的
风一吹，鬼影一样躲闪

后背是暗堡，是刀背

这是冬天
寒冷驱赶着寒冷
每一个梦都低于体温

我不相信
你亮出的后背是怀揣利刃
而相信是收敛的翅膀
未燃尽的炭

更相信，你一转身
就会有一个婴儿降生

作　画

宣纸展开，眼前一片秋霜
我要在这片霜地里画一朵花
一朵一定坚持在深秋里开放的花

用焦墨画茎
正着看是长矛
倒着看是绳索
这朵花将在长矛和绳索上
开放

花不检讨自己晚到
只认定自己何时盛开，何时
就应该是最佳的季节

给花上颜料时，不敢太艳
怕它忘记自己是花

也不敢太淡,花会说我不重视它

把它当草

更不敢把白纸染绿

去假冒春天

我小心翼翼一笔一划地画

让花谨慎地开

可每画一笔

都会冒出一身冷汗

独　坐

夜色在屋里嚣张
我找不到走出房间的门
也无法证明　门
是否有锁
我听到星火的喧闹
听到门外　足音如水

繁华的都市
比我孤冷
化妆品麻木了道路

我对着酒杯发情
沉醉的酒杯问我
下一片红唇是谁

双眼贴近窗口

玻璃外是透明的白昼
我的视线很短很无力

一粒饱满的种子
被我吞下几年
为什么还不发芽

夜很平常
平常得令你渴望意外

初 冬

冷雨过后
白杨树脱光了叶子
赤裸着身体
摆出一副无产者的姿态

人类嘈杂
大地更安静
小草把青春藏进地下
只有枯干的落叶
一阵一阵抬高自己

痛苦是独立的

两个痛苦的人
相约喝酒
碰杯时
耳朵里只有
自己酒杯的声音
他们喝各自的哀叹
看各自的星星
骂各自的人

他们话不投机
酒照喝
喝醉后分头倒下
两只空酒杯
绝不互相安慰

隐 身

白云隐身
把位置让给了雾霾
月光隐身
把位置让给了冰
酒里的人隐身
把位置让给了水
旧历隐身
把我推给了新岁

新旧交替之际
我只是换了一件衣服

巧　遇

傍晚，我与一只老鼠
相遇在不宽不窄的胡同
老鼠看着我
我看着老鼠
我们都在惊悚
都在做着转身就跑的准备

镜子碴

一面镜子破碎后的一小片
落在地上仰面朝天
已经成为垃圾
仍然不放弃欲望

它借太阳炫耀自己
借月光显摆自己
偷看树上的花
窥视女人的裙子

一阵风走过来
吹起薄薄的一层土
就把它埋葬

适 应

地铁从地下走出地面
阳光迅速穿透车厢
我突然眼前模糊
有些不适应

而列车不在意
无论走在地下
还是走在地上
都保持着原来的速度

故 乡

火车带着我,驶离故乡
我不情愿,又必须这样

不知有多少人,和我一样
几年回来一次
把故乡长久地带到远方
为了生存,常常把他乡
委屈地喊作"故乡"

故乡不是户口本上的籍贯
不是难改的口音
是情感里的DNA

在他乡,高兴时
会不自觉地说家乡话
苦闷时,就想起童年的玩伴

当遭遇尴尬要离开谋生的城市
又回不到故乡时
那一滴酸楚的泪
会熬成盐

年过半百的人，常常感觉
太阳和月亮是一个温度
只有故乡，是埋伏着暗火的碳

火车急速地跑
我转过身，让脸与车头背向
并安慰自己：
我是倒退着离开故乡的

苦 冬

无雪的冬天是我的敌人

雪不来,故乡不和我说话
雪不来,我在异乡的苦楚无处掩藏
雪不来,所有的风都能把我吹动

我是脱离了根的枯叶
易怒易燃
雪不来,就不安静

小女儿回国

飞机落地了
我的心恢复到正常位置
然后就盯着出口处

看到每一个走出来的人
都想走过去
一个一个地问
你看到我小女儿了吗
你看到我小女儿了吗
直至问到小女儿本人

礼 物

给两周岁的外孙买礼物
我直接领他到卖玩具枪的柜台
他拿起一把塑料压制的小手枪
我让他放下
那仅是一把没有机关设置的玩具

我找来一把能扣扳机
有"啪啪"的声响
枪口可以喷火光的枪

我教他端着枪的手要稳
闭上一只眼睛瞄准目标
扣扳机要果断

我只是教他学会使用枪
不会教他杀生害命

养　鱼

两个女儿
一个出嫁了
一个出国了
我在家无趣
养了两条金鱼
鱼缸里放了循环泵恒温器
制氧机和医用体温计
按时换水按时喂食

只是
每天给它们喂食时
我都会喊：
瑶瑶——芷儿——
吃饭了！

小外孙过百日

喊了一群弟兄喝酒
小外孙在褟褓里酣睡
我想:他是懒得看
这些大人以他为借口喝酒

他醒了,笑了
我们随着他笑
他是清水般地笑
我们只是嘴角上翘带动了面皮

我灌了他一小口酒
让他练习
接受被强加的各种生活
并且,不能哭

后来,他脸很红

又睡了
弟兄们都说他醉了
接着用笑来证明自己没醉
我没笑
心里说：这小子
刚来世上一百天
就会用醉酒逃避现实

想爸爸

爸爸去世六年了
时常会梦见他老人家
我这才懂得，老人的去世
就是让子女思念的

爸爸活着时，和我
在一起的时间不多
我不懂事时，他因
政治问题在监狱里
我长大工作又到了外地
等我可以让他过上好日子时
他却得了癌症，走了

想爸爸，是
因为他没过上几天好日子
现在我温饱有余

觉得很对不起他

一天，我对妈妈说：
"我经常想起爸爸
这几天，我要写一首
想念爸爸的诗"
妈妈一边淘米做饭
一边说："想就是想
还用写呀"

韩作荣68周岁了

今天是你68周岁生日
我摆了一桌盛大的宴席
请来了月亮星星和风

酒还是我们常喝的那种
菜就不准备了
再热的菜送到你那里也会冷
两个酒杯两包烟
你喝一杯酒我喝三杯
你少喝，你有糖尿病
烟你可以多抽
你抽了烟说话时就绘声绘色
今晚，你使劲抽尽情说

月亮是给我们照明的
星星是替我落泪的
风替我哭

雨夜,怀王燕生

窗外的雨,凉凉的
直接打在心上

天突然黑下来
想你
黑在不断地扩张

光线失声
你的名字卡住我的喉咙
冷风把你放大
风的脚印,嵌进我的骨骼

我愿意活在虚构里
你还在,还是用几杯浊酒
把自己浇醒

有些人求醉,为寻"桃源"
你执拗地喝酒,为清洗俗尘

现在,我面前摆着两只酒杯
却没有了说真心话的人

我看一眼酒杯,心疼痛一阵
不看酒杯时,心拧成了麻绳

在石家庄,黑白互见
——怀陈超

你的名字是巨大的陨石
把这个黑夜砸得血星四溅

你向黑夜交出了白发白骨
还有洁白的人生
月光清冷
大地铺满白色的疼痛
我孤零零的影子也覆盖寒霜

我有杀伐之心
我的眼睛里装满火药
闲置已久的舌头
想变成锋利的匕首

那么多好人匆匆离开我们

还有多少可敬的人能撞身取暖
我的心底正承受孤单
轻柔的孤单坚硬的孤单
顶天立地的孤单
与美好追求形影相伴的孤单
火药和泪水不能湮灭的孤单

在石家庄的黑夜里
想到你的决绝
想到我这副没有变白的骨头
悲凉是黑夜
淹没心底的愤怒

想昆明

我想去昆明
昆明是翠湖居住的地方
翠湖是水鸟居住的地方
湖边是春天居住的地方

记不起上次去昆明的时间
记不起来的时间
都不是时间
但一想起昆明
心里就荡漾十里春风

北京的风不是风
我居住的地方不是地方

我想去昆明
因为北京没有昆明

失踪的月亮

给我一个月亮
让我痛哭一场
那装满鸟鸣的月亮
飘着花香的月亮
流淌酒的月亮
藏着你的月亮

没有月亮
我是黑色的风
任何一片落叶都比我明亮
没有月亮
我的影子
也去跟别人媾和

给我一个月亮
让我痛哭一场

你的眼睛是月亮
你的唇是月亮
你的鼾声是月亮
风吹过你的身体也是月亮

我来到一条河边
把流水当作月亮
我爬到一座山顶
山峰就是月亮

我把我当作月亮
为自己痛哭一场

天　堂

如果我们能
绕过白天走进月亮
绕过波浪走进海
绕过鲜花走进蜜
绕过身体走进爱
我们就能绕过尘世
走进天堂

失　眠

双眼直勾勾地盯着夜空
夜空只有一个月亮
月亮只照我一个人

夜风送不来歌声
我没有翅膀

我想使劲掐自己一把
或给自己软肋一拳
让我只想疼痛
不去想你

写在风里的诗

你在那面墙里
我的眼睛能望穿
而墙,不会穿

我无法见到你
也无法得到你的消息
只能一个人孤零零地品醉
一个人在我们常去的地方转来转去

在梦里见到你真是残酷
更残酷的是从梦里醒来

你走后,我就遭遇无尽的梅雨
在连绵的阴暗里
我有时要听听粗野的摇滚
让身外的凶险掩盖内心的恐惧

人生可以有一千次失误,而我
唯独不相信这一次的你

我在消瘦,走在路上
像一把宝剑的影子,其实
我只是长着美人腰的工艺品
或是一个空空的酒瓶

我要点上一堆篝火
再烫上一壶酒
一边烘烤潮湿的思念
一边默默地饮酒
咬着牙,耐心地等你

反季节

雪,落在一片枯叶上
已死去的季节,崭新地活了
一阵风来,枯叶驮着雪
飘飘忽忽,像舞蹈着的
春天的蝴蝶

我的天地旷远了
树绿,花鲜
青草覆盖头顶
甚至设想,这只蝴蝶
是一次有约的飞翔

我开始怀疑
这个冬天是假的
冰雪是假的
而坚信,这只蝴蝶

会永远这样优美地飞
会飞到我心里
去翻看密不透风的日记

晚安，月亮

我是一截木头
躺在床上
就变成藏着火的炭
噼啪的响声
惊动了月亮

月亮在很远的地方
弯着脸不理我
它泼给我的冷水
却是助燃的油

晚安，月亮
我不会让火苗
烧到你身上

一个人的夜

一个人时
不适合惆怅
不适合听窗外的风抽泣
不适合自己与自己吵架
不适合想酒

心里装着的麻线团让它乱着
泪水走到眼眶边让它停下
勒进肉里的纤绳继续让它勒着
一句骂人的脏话要压在舌头底下

一个人的夜晚
是一朵春天的花
开在寒冬里

月牙儿

一个梦接一个梦
是一杯接一杯的酒

月牙儿是一片花瓣
投下的影子可以酿酒

除了酒
我梦不到别的东西
离开花影
不会有醉的理由

通天河

一直向东
通天河坚守几千年的信条

白云主动加入流水
动物的声音、植物的气息、石头的棱角
还有许多事物的梦
都在持续加入
曲折、跌宕、万里之遥
河水负重越大
跑得越快

被改过几个名字
没有改过身份
被多次拦截
仍然闯关夺隘

到达大海
河水才会安静
汇入海水
通天河才隐姓埋名

我在河边东望
给河水又增加了一些重量
我的影子和隐秘被它带走
有些水经过了我的额头

北纬度38度线

这是一条无中生有的线
是科学家列的一堆数字和几个名词
而在海南,在陵水
是那条叫牛岭的山脉
岭的北侧是混沌的亚热带
岭的南侧是透彻的热带
岭的顶部是明暗各半的风

亚热带和热带的区别
不仅是地理的气象的
还是你的和我的
是游弋混沌还是坚定透彻的分野

我在亚热带徘徊太久
那些飘忽的云
含糊的光和半羞半开的花

已折磨了我半生

风有正面和背面之分
我一直在风的背面

我正准备翻过牛岭
我要在风的正面
度过余生

在酒厂喝酒

我就是个容器
装酒装爱装仇恨
也装疯装傻装糊涂

我装过的三山五岳
已泡在了一杯酒里
装过的日月星辰
仅成了酒里的气泡
芸芸众生儿女情长
都是我酒后的一声高吼：啊——

不爱喝酒的人讥骂我
爱喝酒的人也讥讽我
只有我爱我
爱我这个只能装酒的容器

我的生命是临时的
酒会永远活着
屈原活着呢
李白活着呢
苏东坡活着呢
我正努力地活着

没有酒
人与人就是一粒沙子
与另一粒沙子
没有酒
人仅是时间案板上待宰的鱼

喝酒去吧
左手牵着白云
右手拎着苍狗
把自己喝成一声高吼

扬州遇雨

一进扬州,大雨兜头盖脸
街上的人像被强行洗刷的物件
我没有躲避也没用防雨器具
直接走进雨水里

雨水把我浑身浇透
解开了捆绑我的绳索
我的每个汗毛孔都张开嘴呼吸
如果,这场豪雨
再把我的五脏六腑冲洗一遍
让我纤尘不留
我一定能双脚离地,飞起来

有些人淋过扬州的雨,飞起来了
比如李白,杜牧,张若虚
虽然,杜牧总想着"玉人""吹箫"

那也是神仙们向往的事情

我知道,我很难飞起来
身外的俗尘避不开
体内的泥土洗不净
想念心爱的人一定要躲在墙角旮旯

越走进扬州街巷的深处,雨越大
我希望这雨是戒尺或皮鞭
提醒我:即使洗不掉所有俗尘
也要跺着脚,做飞起来的准备

在查干湖

一下火车,就被东北话拥裹
在北京,只有母亲才和我说东北话
来到查干湖,到处都是东北话
到处都是母亲的声音

母亲离开东北几十年
走到哪儿,那儿就是东北

我第一次来到查干湖
感觉又一次回到母亲家
平时就说不精确的北京普通话
此时已羞怯地溜掉

查干湖冰封雪盖
是一望无垠的平原
汽车在湖面上跑

人在湖面上行
水团结起来凝固
让浮力失去了力量

走在查干湖上,友人问我:
"在北京混得咋样"
我说:"就像走在这冰上
脚踩实了也不敢说稳当"

离开查干湖
朋友来送我,我说:
"不用送了,回北京
我会和母亲说,我一直
走在查干湖的冰上"

畈田蒋

这是个普通的江南小村
房屋错杂却有序
村口那块刻着"艾青的故乡"的
高大石头
是村里最不协调的建筑

我不是来看这块大石头的
我想在这勾栏瓦舍道路阡陌中
寻找艾青留下的梦

那一年,艾青辞世
我曾悲痛地想:为什么
没有人替他去死
后来,我醒悟了
没有什么人具有替代他的资格

这块石头下,有一小块平地
摊晒着带壳的稻粒
我走到稻粒中坐在地上
想模仿其中的一粒
我感到大地的滞重与阳光的强烈
却不能像稻粒一样安静、自如

我来时两手空空
离开时身体是纸糊的躯壳
艾青留在这里的梦
也许就是那些摊晒在地上
等着蒸发水分脱去毛壳成为
粮食的稻粒

遥望断桥

我站在西湖边一幢高楼的窗口
远远地看断桥

我来杭州多次,从没有
近距离地观看断桥
我怕断,各种理由的断

我希望走在雨中的人都有伞
所有的爱恋都修成正果
退一步,希望人人都能吃饱穿暖
都保持健康的体温与心跳

愿望是天上的云
现实里,许多事物
都会断,四肢、脊梁与思念
断了会疼

疼了才会铭记

这座桥断了
疼了千年
也自在了千年

越　界

洛古河是黑龙江的源头
也是中国和俄罗斯的界河

划界仅是给人的脚步确定范围
对飞来飞去的鸥鸟没用
对水下的鱼没用
对两岸壮美的景色没用
对我的眼睛与热爱也没用

我们乘船沿着国界的主航道走
船后的浪花和欢愉
已经冲出了国界

在公海看到了鱼

坐一艘游轮去公海
很兴奋
觉得终于可以
翱翔在一望无际里

船行两小时后
才明白
坐在船上和装在笼子里
一样

一侧甲板有一些骚动
有人喊：鱼！
我也凑过去看

离船不远的海面
泛起温和的浪

我没看见鱼
只看到了自由的波纹

阻 隔

贝尔格莱德诗人广场旁
有一家咖啡馆
也叫诗歌阅读馆
屋里灯火通明
二十几张桌子
坐了十几位读书喝咖啡的人
明亮并没有影响
这里的幽静和肃穆

我走进去
看到两个青年人
对着一本书在小声讨论着
我知道那是一本诗集
封面的头像我认识
但我无法参与他们的讨论
无法告诉他们

我也是一个诗人
不能与他们交流
我们永远陌生

我在这家咖啡馆转了一圈
一言未发也目不识丁

距 离

住进贝尔格莱德的宾馆
宾馆的名字叫"zira"
据说很像英语中的"零"

我们住在"零"里?
我不断地翻检读过的哲学句子

宾馆的斜对面
有一座绿树花草掩映的花园
我问翻译:那是什么地方?
翻译说:那是一座公墓
并补充说:距宾馆50米

50米!
是隐喻还是规定
是生与死的距离
还是零到墓地的距离

?

这个符号藏有秘密
用左眼看是淋漓的鲜血
右眼看有滚烫的吻

这是一家有两百多年历史的咖啡馆的名字
咖啡馆只有三十平米
它正面对着贝尔格莱德最大的东正教堂
背面是16世纪南斯拉夫公国的王宫

几经战火和多少代王权更替
教堂没遭损坏
王宫没被损坏
咖啡馆也完好无损
好的炮弹都不破坏历史、宗教
也不破坏闲适的生活

咖啡馆的门框很低
出出进进的人
都要把自己弯成问号
问着进去问着出来
咖啡馆弱小
问号却穿透了时空

什么人起的名字
把人的生活状态做了咖啡馆的招牌
葡萄酒和咖啡不能把问号拉直
王宫和教堂呢

我在这家咖啡馆里
只喝了一杯咖啡
问号就在心里动起来

地中海

酒店的每个房间都有一个小阳台
站在阳台上就直面地中海

今天的地中海温润祥和
像一块闲置的丝绸
偶尔有几只鸥鸟
把丝绸啄出一些洞
地中海瞬间就把洞补上
把丝绸展平

几天前在国内还看到难民
从地中海偷渡到希腊的报道
今天我在雅典的大街上
看到几群示威游行的队伍
我相信其中一群
就是新闻报道过的叙利亚难民

这些事好像和地中海无关
地中海不抱怨人类打扰过它
它做过什么看到过什么也绝不再说

没有比海更宽容的事物
没有比海更会装傻的人

突然下起了小雨
雨点落到身上就是一激灵
雅典的雨点和北京的雨点没有区别

我们住的酒店叫best western
我问同行懂英语的朋友
这叫什么酒店
朋友说：欧洲最好的
哦，在这里看地中海是最好的
看难民的游行队伍是最好的
在这里想北京也是最好的

闯　入

去拜望雅典卫城
遇到几个法国的青年男女欢笑着拍照
我专注地欣赏卫城的建筑
这里既是历史的入口
也是虚无的入口

我沉湎于搜索
对雅典卫城的已知
一味地想眼前的建筑
不小心闯入一个法国女青年的镜头
我发现时看了她一眼
她向我腼腆地一笑
并把手机伸过来
给我看她拍到的我
她拍的是这座雄奇的建筑
我在她照片里仅是另一个参观者

在照片中
我的存在让这座建筑更加真实
活动的我使这座石头城更坚固
而此时
我却以能闯入这位漂亮的女青年的镜头
在心里美滋滋地窃喜

布拉格

布拉格有风
有黄金的呼吸
我的每个骨节都已打开
让这里的风自由穿行

我第一次来这个城市
好像回到亲切的故乡
这里有太多熟悉的人
从记忆里跳出来
那一串含有重金属的名字
在伏尔塔瓦河两岸等我
在书店、广场、咖啡馆、小巷
新鲜地活着

我是一个探亲的人
也是一个行窃者

仔细辨析风与风的对话
倾听伏尔塔瓦河水和水的碰撞

黄昏里悠闲的光是一把钥匙
解开我身上所有的锁
我的眼睛里已站着一只鹰
捕捉着布拉格的黄金

斯美塔纳

在布拉格
我看到伏尔塔瓦河时
心里却演奏着你的同名交响乐
在中国听这首乐曲时
我太想见到这条河

好的音乐是一条河
流动的每一滴水都是新的

伏尔塔瓦河
让岸边的布拉格更加古老
古老都是辉煌与苦难共生
布拉格人用古老的胃
消化着苦难
也自豪地拥有新鲜的辉煌

这几天
我多次站在伏尔塔瓦河边
每一次都在问
这条河究竟是一首交响乐
还是一条古老的河

斯美塔纳
我站在河边是你音乐的信徒
听你的乐曲时
我和你一起思念这条古老的河

穿过爱琴海

能和爱琴海比蓝的
只有海面上的天空
海鸥上下飞着串通天与海的消息
我们乘坐游轮去阿依娜岛
我们把脚下的蓝撕开
海鸥发出白色的尖叫
和天空一起憎恨我们

我们去看诗人卡赞扎基
一个住在海上而不被大海淹没的人
一个被蓝围裹却不与蓝同色的人
一个曾经把希腊的海和蓝撕开的人

这个岛的面积不大
远比岛上这位诗人的名字小
尽管诗人已经离世多年

人们仍然相信
他还住在岛上

他的故居门口有一个牌子
没有写他曾是希腊文化部长
曾是联合国教科文组织的官员
上面只有一行字：
诗人卡赞扎基曾住在这里。

大漠孤烟

一

沙漠　你这无际的空廓
软韧的网
当我在一片苍黄间伫立
深深地踏一脚
身后　已分不清
人的脚印还是兽的蹄窝
面对沙漠
皮鞭　辞典与数学
都是对尸体的呼唤与钟情
不必左顾右盼
权当无人怜悯的弃儿
鼓起生的勇气
自己去幻化水和绿色

撕碎死亡　经历刻骨的透彻
可沙漠　蜃景与真实
竟背信弃义地　会合

二

沙漠的含义　是
谢绝水的加入
找不到裂痕的缝隙
看不到形体的火焰
只能用玄想营造
折射的微笑与无邪的天真

绝境　是没有墙壁的围困
空远无极
太阳　月亮　环结着
状态和色彩
哦　蛮野　缠绵
　　黑夜与白昼
终将无隙地重叠

三

风　架在脖颈上　闭合双目
头　低些　再低些

沙堆在幻化中游移

瞬间的变更

崎岖的组合

裂变着纯粹的肉体

搬卸或伫立

听凭风的抽击与敲诈

不必贪恋酒杯与松软的床榻

捆缚又撕扯一切的

风　会不会

拆毁你的意志　抑或

僵直无知觉的发丝

在残暴的挟裹中

静听　音乐与诗歌

一滴泪　可怕且无助地

　　　陨落

四

肉体　任人凌迟

而梦　谁也无法剥夺

自己坐在自己的遐想里

扬弃沙粒与风　任其

在另一个世界撕咬

音乐在心弦之上蝶舞

/ 175

花瓣在血液里烈烈燃烧

诗歌碰伤

傲骨　却无栅地生长

想念不具体的眼睛　在目光里

想念指南针的明亮

背弃荒野　窝藏粗鲁的指痕

走进荷花微摆的裙裾

窃听枫叶旗舞的语言

再哼一曲　很古典的挽歌

让风　嚎啕

五

太阳　重锤般敲击

光芒醍醐灌顶

一尊空空的酒瓶　怎样

卖弄余香　也让人不敢晾晒

湿漉漉的春情

裸体的目光触及疼痛

肌肉与神经

于强光下萎缩

只有微风中的沙粒　自如而悠闲

有时　最简单的循环

能最简捷地延续

太阳　肆无忌惮地
挥霍着情热
一柱站立的人　悲壮地
描绘长河喷泻的浑黄
与夕阳光亮的熄灭

六

松散　聚集
一点点无正无邪的尘土
一颗颗不善不恶的沙粒
信指弹去或无忌吞食
让嘴巴和手指

静默或闲置
走进沙漠　陷在
纯白与纯黑之中
任钟磬击打着瞳仁
草绿在思绪中跳跃

分布的均衡
遐想中的风景
被吞噬的爱情
　打碎的陶器
以及　父亲古老的额纹

母亲新鲜的泪滴

于意念中悬搁　谁

向自己发问

人　该怎样存活

在这无垠的漠野

七

驼铃　狼烟

风　从远古送来

撕杀的声音

刀兵水火　残忍与倾轧

人类自戕的借口

一向俯拾即是　历史

无言地阐释着正义与邪恶

沙漠　用真实的难奈

将舞蹈和文字

煎烤　蒸发

我宁肯头颅在都市被骗走

热血在战场抛洒

绝不愿走进　这

冶炼木乃伊的　作坊

八

沙漠　无选择的伙伴

酒杯含羞地告诫绿苔
历史已在残荷与柳絮上失足

九

把自己　立起来
身外　子虚乌有
人　在困惑和危难时
便心平气和地　去
制作　寓言与传说

老人的静默
孩子的哭喊　生与死
是土地的昭示
还是沙漠的启迪
置身沙漠
知识和年龄
真实而又虚妄

十

大漠

我不再遐想
属于我的　已成
虚假的装饰
我未得到的　正在
装饰别人的虚假
人与人　皆
正襟危坐　诠释
世事沧桑

哦　面对大漠
我　笔直地站立
立成一柱滚滚的狼烟

写给女儿的十二个月

序　曲

北斗星暗示的晓雾
被你　面世的第一声问候
啼破　5月6日
凌晨　奔跑如歌
月亮丰腴　触摸我
胸膛如岸　一棵枫树
无视风雨地矗立
我的额头　不再空白
成熟的眼睛　流溢芬芳
女儿　五月的爱情
我欢跳的手指
捧着你的哭声和调皮
太阳　时刻地握紧

清澈的关怀

一月

初月的摇篮

襁褓典雅的呼吸

雪花　暖暖地融进掌心

洁白的言语　呢喃天空

女儿　我美丽的胸徽

水晶微启的视线

鲜花一路翩跹　我

饮冰啜霜的两脚

不再寒冷

二月

最亮丽的节日　是你

在我颈上戏闹

皑皑的雪地　印满

你笑声的趾痕

怒放的梅花　饮尽

一路喝彩的朔风

女儿　我肩上的辉煌

预谋已久的号角　把

赞歌琢得锃亮

三月

这是你的季节
你的风　吹开
我　满脸鲜花
天空　流动你的肤色
太阳从你的眼眸中
折射金黄
哦　女儿
靓美的盆景
植进亥广的绿洲

四月

你的眼睛　在
远山葱绿
新松　跃上万仞峰峦
伸展的手　稚嫩连天碧草
挥动　洗净的晴朗
女儿啊　打开的呼唤
舞蹈的月亮
为荷花的脚步　洁白地
鼓掌

五月

河水已涨到你的身高
雨季　更迭初绽的笑靥
准备成熟　比准备
播种　更加艰难
无邪的视线　坎坷成泥沼
女儿　我握紧的寒冷
走四季的路
要有调整四季的　双脚

六月

荷叶托着你
长满花纹的歌声
水中的月影　牵引
天空的仰望
河两岸　熙攘陌生的头颅
哦女儿　我失律的心跳
走路或过桥
都要拒绝　害羞

七月

践踏火的日子

把心　托在手掌上燃烧

你怀念的舞蹈　再现

古典的晚歌

脸上　不在萌动无内容的笑

女儿　风雨过的红杉

听懂瀑布的语言

描绘天空的暗礁

八月

种植太阳　不能

期冀收割　饱满的脸

是不再骄傲的葵花

四面的风都温暖地召唤

你　把自己站立成问号

女儿呀　我无法靠近的光热

只有长住孤独的茅屋

才会清淡伟岸的肩膀

九月

你有脚印　怎样开镰
滚动的麦田　承载多少
苦涩与艰难
生命的成熟　要闯过
饥锤泪打的隧道
女儿　我没有成章的音符
走无人涉足或被堵塞过的路
才能奏鸣太阳的交响

十月

不是吟风诵月的季节
白鸽的翅膀　让蓝天嘹亮
荷花已成熟得　不再
宣扬绿色　只有晚风
给醉饮夕阳的人　吟唱
女儿　长着翅膀的流水
能为大海宽阔地失眠
就能为自己　扯满风帆

十一月

不速之客　会常常光临
充分准备去迎接寒流
寒流依然　令你猝不及防
准备　仅是自己派遣的骗子
生活　永远是穿不破的睡袍
女儿　没爬到雪山的红莲
年龄　不是额纹的深浅
四季寒暑　是自己
用眼睛发放的令牌

十二月

把梅花插在鬓角
风雪就是最真实的伙伴
烘热坚定的双足
无需惧怕　生命的颈项
有多少陆离的怪圈
女儿　一尊昂立的冰雕
穿好棉衣
抵御自己心中的霜寒

尾诗

几经清点　　只有女儿
火炬般烧灼
纸币和饰物　　如酒瓶和烟蒂
不加思索　　随手扔弃
只把真诚与善良
嵌满身后的影子
女儿啊　　我没有封面的书籍
不是所有的孩子　　都能
长成老人　　尽管
老人必须是孩子长成
大树参天　　是双脚的故事
我的期望与嘱咐
仅是轻风一缕
女儿啊　　我黑夜里的恐惧
那一声含笑的　　爱
还没有冲破唇齿
你　　已经长大

盲　人

　　　　　　眼不见为净
　　　　　　　　——民谚

我是盲人
是光的弃儿
我只能踩着规定的盲道走路
盲道之外埋伏着杀身之祸
我手中的竹竿
仅能在盲道里叩问

我是蝙蝠
是夜的精灵

风常把月亮吹响
像刀刃走在磨刀石上
刀习惯在夜里杀人

而我一直待在夜里
风从我脖子上走过
我不怕
我的脖子
敢和任何刀比硬

我没有白天
做不成白日梦
爱做白日梦的人
都怕醒来
我也有梦
常梦到我睁开眼睛
看清了各种人的模样

我看你们是黑的
你们看我也是黑的
我眼眶里含着的泪滴
是我生命的路灯

我撞过墙撞过树
我都主动地向它们道歉
有人把我撞倒在地
我却收到了恶毒的咒骂

我听到了许多声音

有人歌唱太阳有人赞颂月亮
这些声音不影响我正常走路
当我听到有人在低低地喊疼
我会站住认真谛听
在黑暗的世界里
只有疼
才能感知有效的生命

一条河是黑色的
水里有黑色的鱼
摸鱼的人是黑色的
吃鱼的人是黑色的
我只在河边走了一段路
我也是一条黑色的鱼

一只鸟儿在我头上鸣叫
我也学着鸣叫了几声
鸟儿扑楞楞飞走了
我原地不动
翅膀抖动的声响
是世界上最动听的乐音

我看不到花儿的艳丽
能听到蜜蜂与花儿的交媾
我用竹竿戳地的声音

打扰了它们的交易
蜜蜂愤怒地撞向我的脸
在黑的世界里
鲜花和垃圾是同样的色彩

我心底有一座花园
有不落的太阳
不凋谢的花
不旱不涝的土地
看不到我心底花园的人
比我还盲

黑手黑话黑幕黑枪
这些不是真正的黑
仅是阳光制造的阴影
我躲得开阳光
躲不开阴影
我身上有许多被风强加的事物
有花草有腐叶
身体之外的一切
都不需要负责
就像谁看到了垃圾
就会脏谁的眼睛

我听到了身外的混乱

因为看不见
内心有着清晰的平静
我没有使用暴力的能力
也绝不使用咒语
这一阵风过去了
下一阵风还会登场

我不清楚啥是新月如钩
不知道如何残阳似血
不明白怎样能春风十里
不懂得美人还会迟暮
哦，看不见人间世事
我有婴儿般的纯净

秋风来了带着炸雷
随后是噼叭噼叭的雨
气势汹汹杀气腾腾
我端坐窗前静心静气
我惹不起天上来的任何东西
老天爷做了许多恶事
从来不会向老百姓道歉

我爱闻棉花的味道
棉花里有太阳
爱闻青草的味道

青草里有我的父亲
也爱闻火药的味道
只有火药敢与世界较量

我喜欢酒
在酒里我有勇气和太阳对话：
"我的世界黑得纯粹，没有罪恶"
太阳诚实地告诉我：
"我的光明不纯粹，滋养罪恶"
围观的人们瞪大眼睛也听不懂
一个瞎子在和太阳说些什么

我时常喝醉
因为我的酒杯
准确地找到了我的嘴
我的嘴直对着心
酒醉之后我的眼睛就能看见世界
看见世界上的魑魅魍魉

我没有情人
爱我的人就要背叛光明
喜欢我
就是容忍孩子的天真
或者接受拔刀向恶的鲁莽
阴阳脸阴阳身阴阳心

永远不会是我的爱人
我的爱人
每天都会给我缝补衣衫

我爱黑暗中的我
用黑拥抱黑
在暗中亲吻暗

我没照过镜子
可是我了解你们
你们的言谈举止
都是我的镜子

我眼睛里没有颜色
不知道穿的是什么颜色的衣服
你们看到的颜色肯定不准确
你们的衣服是用来装扮
我的衣服是用来隐藏
你们不在意的颜色
你们瞧不起的颜色
就是我的颜色

我嗅觉发达
耸一下鼻子
能闻到人造的乌云人造的雨

人造的野兽人造的佛
人造的喜剧和悲情

我嗅到了千里之外的腥臭
围墙内的酸腐
字正腔圆的讲话里
扎骨头的凉风

我的耳朵是全角度
听见了鼎沸的人声里
有人只张嘴不出声
听见了一些面具
在说话
在重复着机械的套路
听见了鬼说人话人说鬼话
还听见了冤鬼的抽泣
厉鬼的狰狞

我听得到周边人心脏的位置
有的长在左边
有的长在右边
还有些人的心长在腋窝里
心不长在正常位置的人
做不出温暖他人的好事
这是祖先们说过的话

现在我再说一遍

我用针写字
用针把纸张扎出孔洞
写给历史
让历史疼
写给当下
让当下透明

我注定在黑暗里自娱自乐
在黑暗里耗尽生命
为了不忍受
光天化日对我的嘲弄
我宁愿做光的敌人

我是盲人
对明亮不抱幻想
我胸前挂着两块牌子
一块写着：我什么也看不见
一块写着：没人看见我心里的光明